»Er hatte Vorfahrt, insofern keinerlei Schuld. Der Lastwagen mit Anhänger kam von links in die Allee kurz vor Montpellier. Es war Mittag, sonnig, wenig Verkehr –«
Dieser Band versammelt vier Erzählungen aus dem *Tagebuch 1966-1971* von Max Frisch (1911-1991). In *Skizze eines Unglücks* findet eine schwierige Liebesbeziehung ein tragisches Ende bei einem Autounfall. *Der Traum des Apothekers von Locarno* ist die Geschichte eines Apothekers, der nur weiß, »daß es nicht stimmt, was er denkt, was er sagt, was er tut, was er weiß«. (Ein glücklicher Traum bietet vorübergehend Flucht vor dem trüben Alltag.) *Kabusch II* – Kabusch ist allgegenwärtig, Kabusch ist der stets Verkannte, der im entscheidenden Moment versagt, der vereinnahmt und mißverstanden wird. *Statik* erzählt die Geschichte eines Professors für Statik, der sich eines Morgens kurz nach acht an irgendeinem Schalter meldet, weil er sich schuldig wähnt.
»Ich kenne keinen zeitgenössischen Prosaschriftsteller deutscher Zunge, von dem so viel – Irrtum vorausgesetzt – bleiben könnte«, urteilt Marcel Reich-Ranicki über Max Frisch. Die Romane *Stiller*, *Homo faber*, *Mein Name sei Gantenbein* und von den kurzen Texten *Skizze eines Unglücks*, auch seine Stücke *Biedermann und die Brandstifter* und *Andorra* zählen zu den »klassischen« Texten der Moderne. Max Frisch überzeugte von Anfang an durch seine Vielfalt: kleinere Beiträge in Zeitungen und Zeitschriften, Anmerkungen zur Tagespolitik und zu Literaturereignissen, Reden, Kommentare, Aufrufe begleiteten über Jahrzehnte hin sein literarisches Schaffen. Es wurde vielfach ausgezeichnet. Sein Werk liegt in einer Gesamtausgabe wie in zahlreichen Einzelausgaben im Suhrkamp Verlag vor.

insel taschenbuch 2391

Max Frisch

Skizze eines Unglücks

Max Frisch

Skizze eines Unglücks

Erzählungen aus dem Tagebuch 1966-1971

Insel Verlag

insel taschenbuch 2391
Erste Auflage 1999
Insel Verlag Frankfurt am Main und Leipzig

Hinweise zu dieser Ausgabe am Schluß des Bandes
Vertrieb durch den Suhrkamp Taschenbuch Verlag
Umschlag nach Entwürfen von Willy Fleckhaus
Druck: Druckerei Wagner GmbH, Nördlingen
Printed in Germany

1 2 3 4 5 6 – 04 03 02 01 00 99

Inhalt

Skizze eines Unglücks

Er hatte Vorfahrt, insofern keinerlei Schuld. Der Lastwagen mit Anhänger kam von links in die Allee kurz vor Montpellier. Es war Mittag, sonnig, wenig Verkehr –

...

Sie trägt kurzes Haar, blond, Hosen mit einer Messing-Schnalle auf einem breiten Gurt, dazu eine violette Pop-Brille. Sie ist 35, Baslerin, witzig. Sie kennen einander bereits ein Jahr.
Ihre Frage: Oder fahre ich jetzt? ist nicht ihr letztes Wort vor dem Unfall (wie er später vielleicht meint); das hat sie auf dieser Reise öfter gesagt.

...

In Avignon, allein im Badezimmer, das er abriegelt, obschon sie noch schläft, ist er entschlossen: So nicht weiter! Er will es ihr beim Frühstück sagen (ohne Streit): Kehren wir um! Es ist vernünftiger.

...

Sie hat ihn im Bürgerspital kennengelernt als Arzt, dem sie sozusagen ihr Leben verdankt; seinetwegen ist sie in Scheidung.

...

Bettnächte mit anschließender Besichtigung von Romanik oder Gotik, jeder Tag wie ein Examen: Geschichte der Päpste, nur weil man gerade in Avignon ist – sie fragt mit Vorliebe, was er nicht weiß oder nur ungefähr weiß, sodaß er unsicher wird. Warum der Papst im 14. Jahrhundert nach Avignon emigriert ist, läßt sich ja nachlesen, wenn es sie wirklich interessiert. Aber es geht nicht um die Päpste. Nachher im Bett macht sie ihn wieder sicher.

...

Er ist Junggeselle.

Sie findet die Reise gelungen. Das sagt sie seit Genua, wo es in Strömen geregnet hat. Später hat das Wetter sich gebessert. Sie sagt: Du schaust ja gar nicht! Vorallem die Provence begeistert sie, es kommt vor, daß sie auf der Fahrt singt.

. . .

Er hat eine Glatze, das weiß er.

. . .

Aix-en-Provence, natürlich findet er's schön, sogar sehr. Aber sie traut es ihm nicht zu, weil er anderswohin schaut als sie.

. . .

Es heißt nicht CAVILLION, sondern CAVAILLON, der berühmte Spargel-Ort. Übrigens hat sie es ihm schon gestern gesagt. Sie hat recht. Es heißt tatsächlich CAVAILLON, kurzdarauf steht es auf einem Schild: CAVAILLON. Dann schweigt er, kurzdarauf überfährt er ein rotes Stop-Licht.

...

Hotelzimmer mit grand-lit, wo sie nachher die Zeitung liest, LE FIGARO LITTERAIRE, wovon er, wie sie beide wissen, nichts versteht. Sie ist Romanistin, Dr. phil.

...

In Nizza speisen sie mit Freunden, ein netter Abend, nur findet sie nachher, er habe während dieses ganzes Essens (Bouillabaise) über Essen geredet. Das darf man einem Partner wohl sagen. Er hat sich vorgenommen, nie wieder über das Essen zu reden, und übertreibt jetzt, schweigt mit Nachdruck, wenn Marlis ihrerseits über das Essen redet, wie es vorallem in Frankreich natürlich ist.

...

Es ist nicht ihre erste gemeinsame Reise. Früher hatte er Humor, solange er davon zehrte, daß sie ihn als Arzt bewunderte. Ihre erste Reise, als sie genesen war, führte ins Elsaß.

...

Er hat noch nie einen ernsten Unfall gemacht, trotzdem wäre er froh, wenn Marlis sich anschnallen würde. Sie tut's nicht, sonst hat sie Angst, daß er noch schneller fährt. Er verspricht, daß er sich an sein Versprechen hält. Das tut er auch. Seit Cannes. Wenn er merkt, daß sie trotzdem auf die Sicherheitslinie schaut, ohne etwas zu sagen, weiß er nicht mehr, was er eben hat erzählen wollen. Er ist langweilig und weiß es.

...

In Avignon, nachdem er das Badezimmer verlassen hat, sagt er: Ich warte unten. Was los sei? Sie weiß es wirklich nicht. Vielleicht ist er überarbeitet.

...

Sie bewundert kluge Menschen, vorallem Männer, weil sie Männer für klüger hält als Frauen. Wenn sie von jemand spricht: Er ist sehr klug. Oder: Klug ist er gerade nicht. Dabei zeigt sie's niemand, wenn sie ihn nicht klug findet. Sie hält es für ein Zeichen ihrer Liebe, daß es sie kränkt, wenn er, Viktor, in Gesellschaft nicht klüger spricht als sie.

. . .

Er gedenkt nicht zu heiraten.

. . .

Jetzt fährst du 140! Darauf hat er gewartet. Schrei mich bitte nicht an! Erstens schreit er nicht, sondern sagt nur, darauf habe er gewartet. Immer ihr Blick aufs Tachometer. Zweitens fährt er, wie das Tachometer zeigt, genau 140. Das sagt sie ja. Gestern ist er 160 gefahren (Autobahn zwischen Cannes und St. Raphaël), einmal 180, wobei Marlis ihr Kopftuch verloren hat. Man hat sich geeinigt:

Maximum 140. Jetzt sagt sie: Es ist mir einfach zu schnell. Dabei überholt sie jeder Volkswagen. Sie sagt: Ich habe einfach Angst. Er versucht's mit Spaß: Maximum gestern 140, Maximum heute 120, das ergibt bei Bilbao ein Maximum von 30. Bitte! Da er es selber einen blöden Spaß findet, findet er's unnötig, daß Marlis es einen blöden Spaß findet. Sie singt nicht mehr, er überholt nicht mehr, sie schweigen.

...

Ihr Mann, der erste, war (ist) Chemiker.

...

Daß sie in Marseille nicht die Schuhe gekauft hat, weil er dort ungeduldig war, nimmt sie nicht übel; sie sagt nur, daß ihre Schuhe sie drücken, daß es in Arles, wo er sich geduldig zeigt, keine Schuhe gibt für sie.

...

Eigentlich würde er lieber allein frühstücken. Er weiß auch nicht, was eigentlich los ist. Er kennt keine Frau, die er zum Frühstück lieber erwarten würde als Marlis. Das weiß sie.

...

Wie klug ist Marlis?

...

Er weiß, daß es an ihm liegt.

...

Später meint er vielleicht, er sei schon mit der Ahnung erwacht, daß dieser Tag mit einem Unfall endet; schon unter den Platanen in Avignon habe er's geradezu gewußt.

...

Ihre kindliche Freude an Käufen; auch wenn sie nichts braucht, bleibt sie vor Schaufenstern stehen und unterbricht das Gespräch.

Das war aber bei andern Frauen kaum anders.

. . .

Er stammt aus Chur, ein Sohn eines Eisenbahners, Akademiker cum laude, demnächst soll er Oberarzt werden.

. . .

Die berühmte Ortschaft, wo die Zigeuner zusammenkommen, heißt nicht SAINTES MARIES SUR MER, sondern SAINTES MARIES DE LA MER. Sie sagt es ihm nicht. Sie vermeidet sogar den Namen, um Viktor nicht zu korrigieren, bis er es vielleicht selber merkt.

. . .

Sie nennt ihn Vik.

. . .

Sie will nicht die Überlegene sein, das verträgt kein Mann. Viktor schon gar nicht; er ist Chirurg, also daran gewöhnt, daß die Leute ihm vertrauen müssen, und auch Marlis hat ihm damals vertraut.

. . .

Redensart von Marlis: Bist du sicher? Ob C., ein gemeinsamer Bekannter in Basel, eigentlich homosexuell sei, möchte sie wissen; kaum äußert er dazu seine Meinung, sagt Marlis: Bist du sicher?

. . .

In Avignon, wo er unter den Platanen auf sie wartet, fühlt er sich plötzlich wie früher, als er noch Humor hatte. Es kommt ihm wie ein Spuk vor. Sonne in den Platanen, Wind, wahrscheinlich Mistral. Vielleicht geht es heute besser. Er wird seinen Vorschlag, diese Reise abzubrechen, nicht machen. Im Grunde ist es lächerlich. Er sitzt unter Platanen an einem runden Tischchen und studiert den GUIDE

Michelin, um nachher zu wissen, wie man am besten nach Montpellier fährt.

...

Er ist 42.

...

Einmal, als Student, hat Viktor eine Woche in der Provence verbracht. Er meint die Arena von Arles zu kennen, als sie gegen Arles fahren und als Marlis aus dem Guide Michelin vorliest: Angaben betreffend Durchmesser der Arena, Zahl der Plätze, Höhe der Fassade, Baujahr usw. Sie liest es französisch. Es ist französisch geschrieben. Marlis kann nichts dafür, daß er, sobald er französisch hört, sich wie im Examen fühlt; dabei versteht er's. Wenn sie im Guide Michelin liest, schaut sie nicht auf die Sicherheitslinie. Als Student, damals, war er mit einer Hamburgerin; was davon geblieben ist: seine Erinnerung, wie sie oben auf der Kranzmauer gesessen haben, eine sehr genaue Erinnerung an diese Arena von Arles. Er schildert sie im voraus. Ein guter Abend in Arles, Viktor erzählt mehr als sonst und lebhaft. Sie mag es, wenn er so erzählt. Sie trinken (was er sonst, wenn er im Dienst ist, nicht tut). Am andern Morgen besuchen sie die Arena von Arles – er stellt fest, daß er sich an die Arena von Nîmes erinnert hat, was Marlis nicht bemerkt, aber er.

...

Sie ist schlank. Sie hat ein großes Gebiß und volle Lippen, die, auch wenn sie nicht lacht, ihre Zähne immer sichtbar lassen. Wer ihr sagt, sie sei schön, ist durchgefallen; anderseits tut sie nicht wenig, um schön zu sein für den Mann, der sie als klug erkennt.

...

Eine Stunde nach Arles gesteht er, daß er die Arena von Arles und die Arena von Nîmes verwechselt habe.

...

Sie weiß, daß Viktor wartet. Sie findet, man habe Zeit. Warum geht er immer voraus, sodaß er dann warten muß? Sie kann nicht schneller. Es ist immer dasselbe. Als er unter den Platanen an dem runden Tischlein sitzt, sagt er sich selbst, daß es an ihm liegt: weil er immer vorausgeht. Sie hat recht; er kann ja Avignon genießen. Das tut er. Sonne in den Platanen. Als er sieht, daß Marlis wieder vor einem Schaufenster steht und nicht loskommt, obschon sie weiß, daß Viktor wartet, beschließt er: Geduld. Sie sagt, daß es auch in Avignon, wie sie eben gesehen habe, keine Schuhe gebe für sie. Ferner: daß sie viel zu leicht angezogen sei. Ob es in Spanien wärmer wird? Das vermutet er, sagt aber nichts, um für den Fall, daß diese Reise wirklich nach Spanien führt, nichts Falsches gesagt zu haben. Hingegen sagt er: Nimmst du ein Brioche? und was er anbietet: ein Croissant. Er merkt es gerade noch, verbessert sich aber nicht, da sie seine Frage überhört hat. Er bemerkt jetzt jeden Fehler, den er macht. So meint er. Dabei merkt er beispielsweise nicht, daß sie auf Feuer für ihre Zigarette wartet.

Entschuldige! sagt er und gibt Feuer. Entschuldige. Die Wiederholung ist zuviel.

...

In Basel lebt sie nicht mehr bei ihrem Mann, aber auch nicht bei VIK; das würde, wie man weiß, ihre Sache bei der Scheidung belasten.

...

Wie er plötzlich, nachdem er Feuer für ihre Zigarette gegeben hat, sie anblickt: nicht böse, nur unpersönlich, wie man einen Gegenstand anblickt. Sie fragt, ob ihm denn ihre Kette nicht gefalle. Dann ruft er: Garçon! plötzlich so entschlossen. Als seine Hand über ihre Wange streichelt, bleibt es unklar, was diese Geste soll. Leider kommt aber der Garçon nicht, der nur fünf Schritte nebenan einen andern Tisch abwischt. Die Geste seiner Hand hat sie verwirrt. Er ist entschlossen, munter und locker zu bleiben. Er sagt: Ein herrliches Wetter! Sie fragt: Hast du noch immer nicht bezahlt? Eine Frage ist kein

Verweis; er klopft mit einer Münze an das Blech, bis Marlis ruft: Garçon? Jetzt kommt er. Daß sie, während er zahlt, den Garçon ausführlich befragt, wie man nach Montpellier fahre, brauchte ihn nicht zu verdrießen; Marlis kann ja nicht wissen, daß er vorher die Karte genau studiert hat. Als der Garçon endlich verschwunden ist, sagt sie: Du hast verstanden?

...

Wovor hat er Angst?

...

Einmal (nicht auf dieser Reise) hat sie im Halbscherz gesagt: Du bist nicht mehr mein Chirurg, Vik, daran mußt du dich gewöhnen.

...

In der Garage allein mit dem Mann, der den Wagen gewaschen hat, sagt er BENZIN (nasal) statt ESSENCE; es macht nichts aus, wenn

Marlis nicht zugegen ist. Er bekommt, was er meint.

...

In Basel ist alles anders.

...

Ein einziges Mal auf der ganzen Reise, in Cannes, sagte sie: Idiot! weil er gegen ihren Hinweis in eine Einbahnstraße fährt. Warum nimmt Viktor es ernst? Dann wartet er auf die nächste Zensur.

...

Sie freut sich auf Spanien.

...

Schließlich ist sie Romanistin; wenn sie hin und wieder sein Französisch verbessert, sollte Viktor dankbar sein.

...

In Avignon wartet er im offenen Wagen, raucht, während sie noch etwas kaufen muß. Man hat Zeit. Ferien. Er raucht, er will sich Mühe geben. Als sie endlich kommt, empfängt er sie wie ein Kavalier, steigt aus dem Wagen und öffnet ihr die Türe, sagt: Ich habe deine Sonnenbrille gefunden! Sie lag unter dem Sitz. Marlis sagt: Siehst du! als habe er ihre Sonnenbrille verloren, die zweite auf dieser Reise. Was Marlis noch hat kaufen wollen, eine andere Nagelfeile, hat sie nicht gefunden; dafür Strandschuhe, die er lustig findet. Warum ist sie verstimmt? Sie hat immer das Gefühl, Viktor sei ungeduldig. Wie in Marseille. Sie hat einen halben Koffer voller Schuhe, und er versteht nicht, warum sie seit Marseille nur noch die Schuhe trägt, die sie drücken. Sein Vorschlag, nochmals über Marseille zu fahren, sollte nicht ironisch sein, aber das glaubt sie ihm nicht. Jetzt sind beide verstimmt.

...

Schade um die Bettnächte.

...

Daß die MANCHA nicht, wie Marlis behauptet hat, im Norden von Madrid liegt, weiß jedermann; immerhin hat er, bevor sie zum Frühstück gekommen ist, nochmals auf der Karte nachgesehen. Nicht um darauf zurückzukommen! Nur um sicher zu sein.

. . .

Man fährt im offenen Wagen, nachdem er versprochen hat, daß er keinesfalls rast. Es ist eben etwas anderes, ob man am Steuer sitzt oder daneben. Daß er dann (wie zwischen Cannes und St. Raphaël) überhaupt nicht mehr überholt, sondern hinter jedem Lastwagen bleibt, ist in der Tat lächerlich; nachher findet er sich selber unmöglich.

. . .

Er haßt seinen Namen: VIKTOR, aber mag es auch nicht, wenn sie sagt: VIK, vorallem wenn die Leute am andern Tisch es hören.

. . .

Daß Europa zu einer einheitlichen Währung kommen muß und wird, ist seine Meinung; Marlis ist nicht überzeugt, hört sich aber seine Begründungen an und sagt nichts dazu. Warum wird er gereizt? Es ist nicht die Begründung, was sie nicht überzeugt.

...

Sie ist vollkommen genesen.

...

Wenn sie schweigt, gibt er sich selbst die nächste Zensur. Warum spricht er jetzt von den Spargeln im Elsaß (also wieder vom Essen!) statt Ausschau zu halten, wo die Ausfahrt nach Montpellier ist? Sie setzt die Sonnenbrille auf, sagt: Hier kommen wir nach Lyon! und da er schweigt: Ich denke, du willst nach Montpellier. Er hängt seinen linken Arm aus dem Wagen, um sich locker zu geben. Kurzdarauf ein Wegweiser: TOUTES LES DIRECTIONS. Im Elsaß, damals auf ihrer ersten Liebesfahrt, hatte sie einfach Vertrauen.

Nochmals ein Wegweiser: Toutes les Directions. Noch immer kein Fehler.

...

Wenn er meint, er habe Humor, findet sie es meistens nicht; dann wieder kommt es vor, daß sie über eine Bemerkung von ihm auflacht, und er weiß nicht warum.

...

Sie knotet sich das Kopftuch, ein neues, das sie sich statt der Nagelfeile gekauft hat; Viktor bemerkt es erst, als sie fragt: Wie gefällt es dir? Plötzlich sagt er: Du hast recht! als habe sie etwas gesagt nach seiner Bemerkung, er sei ohne sie schon einmal von Bagdad nach Damaskus gefahren durch die Wüste und habe es gefunden; jetzt sagt er: Wir sind am Arsch! was Marlis verwundert, da es sonst nicht seine Ausdrucksweise ist. Er lacht, als stehe man auf dem berühmten Pont d'Avignon, der in der Mitte abbricht; tatsächlich befindet man sich nur in einem Industrie-

Areal mit dem Schild: PASSAGE INTERDIT. Er schaltet in den Rückwärtsgang, sie sagt: Sei nicht nervös. Als er nach einer Serie von Fehlern (man hört sie aus dem Getriebe) die Straße gefunden hat, die jeder Idiot findet, hat Viktor noch immer nicht gesagt, ob ihr neues Kopftuch ihm gefällt.

...

Sie ist klug ohne Begründungen.

...

Wenn er jetzt seinen weißen Klinik-Mantel anziehen könnte, wäre es sofort anders; die Vorstellung, daß er im weißen Klinik-Mantel durch die Provence und nach Spanien fährt –

...

Warum erzählt er nichts?

...

Es stimmt nicht, daß er noch nie einen Unfall hatte. Marlis weiß es nur nicht, es ist lange her. Unfall mit viel Glück. Er selber hat es sozusagen vergessen. Als es ihm einfällt, blickt er Marlis von der Seite an: als habe sie ihn daran erinnert durch ihr Schweigen, nachdem er gerade einen Deuxchevaux überholt hat.

...

Was heißt eigentlich Plexus? Er ist Chirurg, und es wäre komisch, wenn er's nicht wüßte. Trotzdem wartet er darauf, daß sie sagt: Bist du sicher? Sie schweigt aber. Erst als Viktor meint, die Route über Aigues Mortes sei die kürzere, sagt sie: Bist du sicher?

...

Marlis sitzt barfuß im Wagen, da ihre Schuhe sie drücken, aber sie spricht nicht davon. Er nimmt Anteil – statt daß er irgend etwas erzählt.

...

Warum legt er seine Hand auf ihren Schenkel?

. . .

In Antibes hat er sie angebrüllt, erinnert sich aber nicht mehr, wie es dazu gekommen ist. Später will er sich entschuldigt haben, indem er sagte: Also gut! – bleich vor Wut, ohne zu glauben, daß er im Unrecht war: Ich bitte um Entschuldigung!

. . .

Ob die flache Landschaft, die Marlis entzückt, als Provence oder als Camargue anzusprechen sei, ist eigentlich doch gleichgültig. Wieso beharrt er auf Camargue? Vielleicht hat er ja recht.

. . .

Kein Wort bis AIGUES MORTES.

. . .

Er kommt entgegen ihrer Warnung, die er nicht einmal mit der Miene beantwortet, tatsächlich in einen sehr knappen Parkplatz. Ohne Kratzer und sogar auf den ersten Anhieb. Wortlos. Hundert Schritt weiter sind lauter leere Parkplätze und sogar im Schatten. Nur hat auch Marlis das nicht wissen können. Sie sagt auch nichts.

. . .

Apéritif unter Platanen allein, während sie sich im Städtchen umsieht. Plötzlich fühlt er sich wie in den Ferien. Dieses Licht unter den Platanen, dieses Licht usw.

. . .

Daß sie ihm ihr Leben verdanke, hat er, Vik, nie gemeint. Es ist eine Operation gewesen, die in der Regel gelingt. Vielleicht hat sie es gemeint –

. . .

Hier könnte man bleiben. Es ist elf Uhr, zu früh zum Mittagessen. Trotzdem könnte man hier bleiben. Die alten Festungsmauern halten den Mistral ab. Wenn Marlis zurückkommt, wird er wie verwandelt sein: heiter, gelassen – es liegt an ihm, nur an ihm.

. . .

Manchmal möchte er ein Kind von ihr.

. . .

Sie weiß nicht, warum Viktor solche Geschichten macht wie in Antibes. Erst brüllt er sie an, dann schlägt er ein Restaurant vor, BONNE AUBERGE, Drei-Stern. Sie glaubt nicht an diese Sterne. Er besteht darauf. Schon wieder verstimmt, daß sein Vorschlag nicht entzückt, läßt er sie eine Stunde allein in Antibes bummeln. Was macht er? Als man sich wieder trifft, nochmals dasselbe Palaver, wo man speisen will; ihr Einwand, aber es gebe Restaurants in der Nähe, wozu Drei-Stern usw. Die Gegend, wo er hinfährt, sieht nicht nach Restaurants aus; als sie endlich fragt: Bist du sicher? fährt er wortlos weiter, zweigt ab, zweigt nochmals ab, und da steht es: BONNE AUBERGE. Der Oberkellner führt zum Tisch auf der Terrasse, den der Herr vor einer Stunde persönlich ausgesucht hat. Leider ist es jetzt auf der schönen Terrasse zu kühl, drinnen Kulisse, Bedienung in Folklore, das Essen ist mäßig, aber teuer, aber es macht nichts. Marlis ist lieb, obschon er sie vor einer Stunde angebrüllt hat; er tut ihr leid.

. . .

Mistral ist auch der Name eines Dichters – was Viktor gewußt hat. Hingegen kommt der Wind, der ebenfalls Mistral heißt, nicht vom Meer her, wie Marlis meint. Das nebenbei. Hingegen hat sie natürlich recht: LETTRES DE MON MOULIN, das ist von Alphonse Daudet, das hat er in der Schule gelesen, aber nicht von Mistral. Das nebenbei. Eigentlich hat sie nur gesagt: Mistral ist ein Dichter, das weißt du.

. . .

Er fährt einen Porsche.

. . .

Unter den Platanen von AIGUES MORTES: sein Griff in die Joppe, um sich zu versichern, daß er seinen Paß nicht verloren hat. Viktor hat seinen Paß noch nie verloren. Sein Schrecken, als sein Paß nicht in der Joppe ist; aber im gleichen Augenblick erinnert er sich: er ist im Wagen, sein Paß. Er ist sicher, erinnert sich genau, wie er den Paß in das Fach gesteckt hat; aber er wird nachsehen. Er ist nicht sicher.

. . .

Wenn er seinen Entschluß im Badezimmer, heute diese Reise abzubrechen, durchgeführt hätte, wären sie jetzt in Lyon, abends in Basel – während es hier so schön ist: Dieses Licht unter den Platanen, dieses Licht usw. Wenn sie kommt, wird er einen Vorschlag machen: Bummel ans Meer.

. . .

Hoffentlich findet sie ihre Schuhe.

...

Unter den Platanen von Aigues Mortes: eine Stunde vor dem Unglück möchte er noch einen schwarzen Kaffee. Ob er zu müde sei, um zu fahren? Er lobt das Licht unter den Platanen, dieses Licht usw., Tauben gurren um das Denkmal des SAINT LOUIS. Marlis möchte weiter, sie hat wirklich keinen Hunger, sie möchte nicht einmal einen Apéritif. Jetzt findet Viktor, man habe ja Zeit. Ein Alter mit drei langen französischen Broten unter dem Arm.

...

Spanien war ihre Idee.

...

Er hält sich nicht für einen Egoisten. Er ist nur glücklich, wenn er meint, er könne jemand glücklich machen. Gelingt das nicht, so ist er entsetzt; er bezieht alles auf sich.

...

Wer die beiden von außen sieht, findet nichts daran, daß sie LE PROVENÇAL liest, während er, seine langen Beine auf das Trottoir gestreckt, Kaffee trinkt und auf das Wunder wartet – es müßte von außen kommen, von den gurrenden Tauben ... Er wäre bereit zu heiraten. Nur eine Frage des Humors. Willst du hier noch lange sitzen? fragt sie. Entschuldige! sagt er: Du liest ja die Zeitung, nicht ich. Er meint's nicht so, wie es tönt, und daß er dann ihre Handtasche trägt, Kavalier aus Bedürfnis, ist sie gewohnt. Also kein Wunder.

Zum ersten Mal ist es Viktor, der einen Kreuzgang besichtigen möchte. Romanik. Sie mag nicht.

...

Sie gehen Arm in Arm.

...

Zum ersten Mal ist es Viktor, der überall stehen bleibt. Markt mit Früchten und Gemüse. Es ist rührend, wenn Viktor sagt: Hier gibt's Schuhe! und offenbar noch immer nicht weiß, was sie sucht.

...

Warum muß man nach Spanien?

...

Er wartet in einer Gasse, Marlis hat ihr Kopftuch vergessen, er wartet eigentlich nicht auf Marlis. Was würde er machen, wenn er allein wäre? Als er sieht, daß sie kommt, daß sie wieder vor einem Schaufenster stehen bleibt, kauft er eine HERALD TRIBUNE, um zu wissen, was in der Welt geschieht. Nach einer Weile, als er von der Zeitung aufblickt, ist Marlis verschwunden –

...

Touristen beim Mittagessen.

. . .

Später sagt sie: Entschuldige! Sie hat eine lustige Mütze gekauft. Nein! lacht sie: Für dich! Marlis in bester Laune. Als er den Wagen öffnet, ihre Frage. Oder fahre ich jetzt? Er fährt. Warum immer nur er? Er bittet dringlich, daß sie ihn ans Steuer läßt. Das läßt sich jetzt nicht erklären. Gefällt sie dir nicht? Sie meint die bunte Mütze. Zum ersten Mal hat er Angst vor der Straße.

. . .

Sie ist ein Kind.

. . .

Sein Paß ist im Fach.

. . .

Du siehst lustig aus! Sie hat ihm die bunte Mütze aufgesetzt, damit er nicht so ernst sei. Er wundert sich, daß Marlis sich anschnallt. Ohne Aufforderung. Er läßt die Mütze auf dem Kopf, als er schaltet, Blick zurück, um hinten nicht anzustoßen. Nur jetzt kein Fehler –

. . .

Das also ist Aigues Mortes gewesen.

. . .

Sie hat einen Sohn, der zur Schule geht; sie hat in Paris studiert; sie ist in Scheidung; sie ist eine Frau, kein Kind.

. . .

Pferde der Camargue. Manchmal sagt sie etwas, manchmal sagt er etwas. Zum Glück wenig Verkehr. Dann wieder versucht er beruflich zu denken: Wann ist ein Mensch tot? Die Frage bei Herzverpflanzungen. Er ertappt sich im Augenblick, als er sagt: Morgen muß ich Öl wechseln! statt daß er sagt, was er denkt. Er macht es sich zu einfach.

. . .

Früher, als Kind, ist sie geritten.

. . .

Fahrt hinter einem belgischen Wohnwagen, ohne zu überholen; als er endlich überholt, reicht es gerade noch, aber es war gefährlich. Sie sagt nichts.

. . .

Patienten schätzen ihn: seine Ruhe, seine Sicherheit, seine Zuversicht usw.

. . .

Jetzt trägt sie die lustige Mütze. Dir steht alles! sagt er, aber er schaut auf die Straße. Hört er überhaupt zu? Sie liest aus dem

Guide Michelin vor, damit er sich auf die Höhlenmalerei von Altamira freue, damit er nicht nur an seinen Ölwechsel denkt, damit er weiß, warum sie nach Altamira fahren. Sie meint's lieb.

...

Er hatte immer Glück, verglichen mit andern Leuten, gesundheitlich und beruflich und überhaupt, nicht nur als Alpinist (Piz Buin) –

...

Sie sagt: Denkst Du schon wieder ans Essen! Er denkt überhaupt nichts, sondern schaut auf die Straße; er hat nur irgend etwas sagen wollen, was mit Montpellier zu tun hat, weil er ein Schild sieht: Montpellier 12 km. Er hätte besser nichts gesagt.

...

Viktor kommt mit leichten Verletzungen davon, Schnittwunden an der Schläfe, erinnert sich aber an keinen Lastwagen mit Anhänger. Sie stirbt auf dem Transport ins Hospital von Montpellier. Er erinnert sich nicht einmal an die Allee, wo es passiert ist, wo jetzt der gekippte Anhänger zwischen den Platanen liegt; beim Augenschein kommt es ihm vor, als befinde er sich zum ersten Mal in dieser Allee mit der Kreuzung, wo er verhört wird (französisch) und erfährt, daß er Vorfahrt hatte, also keine Schuld.

. . .

Später wird er Oberarzt.

. . .

Ein Jahrzehnt lang spricht er nie von dem Unglück bei Montpellier; er weiß nicht, wie es dazu gekommen ist.

. . .

Einige Bekannte wissen es ungefähr.

. . .

Er wird Chef einer Klinik, Vater von zwei Kindern, reist viel, aber nie nach Spanien.

...

Ein Arzt, der am Vorabend einer Operation von sich selber erzählt, ist eine Zumutung, das weiß er; trotzdem erwähnt er plötzlich seinen Unfall bei Montpellier in Frankreich: – Ich hatte Vorfahrt, wie gesagt, insofern keinerlei Schuld ... Nachher sagt er: Wie sind wir eigentlich auf diesen Unfall gekommen? Der Patient weiß es auch nicht. Warum sagt er nicht einfach Gutnacht, das Übliche: Sie werden schlafen, sonst klingeln Sie der Nachtschwester. Aber das hat er schon vorher gesagt. Dann hat er eines der Bücher vom Nachttisch genommen, ohne mehr als den Titel zu lesen. Er legt es wieder auf den Nachttisch. Was er eigentlich hat sagen wollen: Kein Grund zur Sorge, er werde morgen dabeisein, nicht selber operieren, aber dabeisein, kein Grund zur Sorge usw.

...

Er hatte nie wieder einen Unfall.

. . .

Der Patient, offensichtlich enttäuscht, wagt nicht zu fragen, warum der Chef nicht selber die Operation vornimmt.

. . .

Ihre Frage: Bist du sicher?

. . .

Mehr über den Unfall berichtet er nie.

. . .

Marlis hat den Lastwagen gesehen, sie hat ihn gewarnt, er hat den Lastwagen gesehen, aber nicht gebremst; er hatte Vorfahrt. Es kann sein, daß er sogar Gas gegeben hat, um zu zeigen, daß er sicher ist. Sie hat geschrien. Die Gendarmerie von Montpellier gab ihm recht.

Der Traum des Apothekers von Locarno

Das ist eine Gemeinheit! sagt er ruhig, aber laut, sodaß er daran erwacht und gerade noch seine Stimme von außen hört: – Gemeinheit! und jetzt erst italienisch: UNA VERGOGNA! È UNA VERGOGNA! ... Was er in diesem Augenblick weiß von seinem Traum: ein Schlotterich von Bischof, der auf beiden Beinen hinkt, vielleicht ein Komödiant, der einen Bischof spielt, aber ein Krüppel ist, und alles in einer Turnhalle.

...

Zu jener Zeit ist er Landarzt, IL DOTTORE, als kennten sie seinen Namen nicht; alle im Dorf sagen nur: IL DOTTORE, obschon der Name jahrelang im Telefonbuch steht, am Briefkasten usw., IL DOTTORE, wogegen er natürlich ihre Namen zu kennen hat, sogar die Vornamen ihrer Kinder.

Die Gemeinheit muß eine andere sein.

. . .

Nachdem er an der eignen Stimme erwacht ist und als er auf dem Bettrand sitzt, eigentlich erschöpft, aber im Finstern aufgerichtet, damit der Traum sich nicht fortsetze, und als er Licht macht, ist er nicht mehr Landarzt und eine Weile unsicher, ob er je Landarzt gewesen ist; aber kurzdarauf (es dauert jeweils nur wenige Minuten) ist alles wieder im Klaren.

. . .

Gemeinheit im Dorf, man braucht sich nicht darum zu kümmern, es geschieht sozusagen nichts, kein Mord seit Jahrzehnten. Tagsüber erscheinen sie freundlich. Gemeinheit aller gegen alle, das ist es, was sie zusammenhält, abgesehen von der Landschaft, die im Winter nur wenig Sonne bekommt. Aber man braucht sich nicht darum zu kümmern, wenn man nicht hier geboren ist. Übrigens hat das Dorf keine Turnhalle.

...

IL DOTTORE! Es tönt höhnisch-höflich.

...

Er ist ein Trinker, das weiß er jedesmal, wenn er aufwacht und vergessen hat, was nicht im Klaren ist, und soeben ist es noch klar gewesen, vollkommen klar. Eigentlich ein glücklicher Traum.

Der Schlotterich von Bischof, der gar nichts von ihm will, und die Turnhalle haben nichts zu tun mit ihm, ein Scherz sozusagen, ein Zwischenfall; dieser Schlotterich geht ihn überhaupt nichts an, ein Bischof, der auf beiden Beinen hinkt, es ist schauerlich und lächerlich, eine Störung, insofern eine Gemeinheit.

...

Er ist katholisch-ungläubig.

...

Am Abend davor meint er, daß sie ihn betrogen haben, die Leute vom Dorf, sie haben ihn seit Jahren betrogen, angefangen mit der Wasserrechnung. Er vertraut diesen grünen Scheinen immer aus Bequemlichkeit. Sie sind unverständlich, aber wahrscheinlich gerecht und genau, lochkartengerecht, sie tragen seinen Namen.

...

Sie ist natürlich kein Mädchen mehr. Ihre Backenknochen, ihr strenges Haar wie vor zwanzig Jahren. Sie scheint fröhlich, wie er sie gar nicht kennt, und dann hat sie irgendetwas vor. Sie hat keine Angst. Sie redet, aber man ist nicht allein, eine Unordnung ringsum, wofür er sich entschuldigt; es liegen Kinder herum, viele Kinder, nicht ihre Kinder, nicht seine Kinder.

...

Er hat nur zwei Mal mit ihr geschlafen.

Sie scheint zu wissen, was aus ihm geworden ist, ein Landarzt, was aber unwichtig ist. Sie ist sehr zutraulich. Es hat gar nichts mit ihm zu tun, was sie redet. Es ist irgendwo. Er kennt den Ort nicht, die fremde Wohnung. Es ist Unsinn, daß er sich für die Unordnung entschuldigt. Man berührt einander aber nicht.

...

Beim Erwachen hat er Kopfweh.

...

Das Dorf weiß genau, was er in Wirklichkeit tut, IL DOTTORE. Vielleicht reden sie hintenherum. Was eigentlich. Zum Beispiel setzt er sich dafür ein, daß die Fabrik (Gerberei) endlich eine Kläranlage bauen muß; bisher vergeblich. Es stinkt noch heute. Vielleicht lügen sie, aber er kümmert sich nicht darum. Das ist nicht die große Gemeinheit.

...

Als plötzlich der Schlotterich von Bischof in die Turnhalle hinkt, um sich in einen prunkvollen Sessel zu setzen, ist sie weg. Schade. Er hätte sie etwas fragen wollen, was außer ihr niemand wissen kann und was ihn etwas angeht, ihn ganz allein.

...

Sein Kopfweh kommt wie immer vom Grappa.

...

Er hat sie seit vielen Jahren nicht gesehen und nie an sie gedacht, weiß nur, daß sie in ihrer Ehe einmal ein totes Kind geboren hat. Sonst nichts. Als er sie vor Jahren zufällig an der Bahnhofstraße in Zürich getroffen hat: eine Dame, bürgerlich von Herkunft und nur noch bürgerlich.

...

Sie kommt zum ersten Mal in seinen Traum.

...

Wie meistens wenn er erwacht ist, erinnert er sich nur an die dummen Ränder des Traums; dann ist er eine Weile wie geschlagen. Später geht er an seine Tagesarbeit, IL DOTTORE, der ein Trinker geworden ist, was das Dorf ebenfalls weiß.

...

Wieso ein glücklicher Traum?

...

Tagsüber in der Apotheke, wenn er die dicke Hornbrille auf seinem schmalen Gesicht trägt, erinnert er sich an Wirklichkeiten, die der Traum benutzt hat, aber die nicht gemeint sind. Zum Beispiel die Turnhalle: als Gymnasiasten haben sie einmal Theater gespielt in einer Turnhalle, nichts weiter.

...

Die Wasserrechnung dürfte stimmen.

...

Er ist überhaupt nie Landarzt gewesen in seinem Leben; es beunruhigt ihn, daß er eine Weile nach dem Erwachen hat meinen können, früher sei er Landarzt gewesen. Es stimmt einfach nicht.

...

Hingegen stimmt es, daß er sich seit Jahr und Tag für eine Kläranlage einsetzt, IL DOTTORE; das weiß nicht nur das ganze Dorf, das weiß man auch in Bellinzona – man kennt ihn und sein Ungeschick mit der italienischen Sprache. Er stammt aus Winterthur.

...

Die Gerberei kommt im Traum nicht vor.

...

UNA VERGOGNA! das sagt er erst, als er seine Stimme schon von außen hört; das Dorf spricht nur italienisch.

. . .

Später erinnert er sich an einen Spaziergang mit Leny, genauer gesagt: er erinnert sich an eine Erinnerung, die er schon erzählt hat: wie eine Frau mit einem wackligen Leiterwagen kam, und im Leiterwagen saß ein verkrüppeltes und schwachsinniges Kind, und die Studentin lachte ihn aus, als er mit ernstem Entsetzen sagte, das sei sein Gesicht oder könnte sein Gesicht sein. Was er nie erzählt: nachher im Wald hat er die Studentin verführt, zum ersten Mal, und es war lächerlich.

. . .

Tagsüber ist alles wieder selbstverständlich.

. . .

Es ist ein glücklicher Traum, bis dieser Bischof kommt, der alles verdrängt, dieser violette Schlotterich, dieser alte Komödiant mit dem Hirtenstab und das Publikum, die Touristen von Locarno, seine Kunden.

...

Dabei weiß er schon längst, daß bei der Gerberei nichts zu erreichen ist, obschon sie den kleinen Fluß versaut; er hat Expertisen verlangt, IL DOTTORE, man weiß es ohne Expertisen; die Kinder baden im Fluß. Was geht's ihn an. Seine Kinder baden nicht im Fluß.

...

Es ist ein sonniger Tag, Winter.

...

Es hat alles einen andern Zusammenhang oder überhaupt keinen; es ist nur klar, solange er träumt, vollkommen klar. Es stimmt nicht, was er sich nach dem Erwachen dazu denkt; alles ist anders und wahrer als alles, was er in seiner Apotheke denkt.

. . .

Als er den Schlotterich von Bischof sieht, der mit beiden Beinen hinkt, weiß er übrigens schon, daß er nur geträumt hat. Das war die Gemeinheit.

. . .

Als er nicht mehr daran denkt (er ist inzwischen mit dem Wagen nach Locarno gefahren und hat mit den Angestellten sprechen müssen, vorher das Frühstück mit der Familie, jetzt diktiert er Bestellungen), denkt er plötzlich an E., den er lang nicht mehr gesehen hat. Wahrscheinlich hat es damit angefangen: – E. sitzt auf Asphalt, also öffentlich auf dem Boden, Beine verschränkt wie ein Buddhist, klug und witzig wie immer, aber nackt, viel kleiner als ein wirklicher Mensch und leider ohne Arme. Es ist rührend, nicht entsetzlich:

der bekannte Revolutionär, aber lächelnd, ein Krüppelchen.

. . .

Gegen Mittag verbröckelt alles in Sinn.

. . .

Als seine Frau ihn fragt, was denn die Gemeinheit in seinem Traum gewesen sei (sie hat seinen lauten Ausspruch gehört), sagt er: Sie sind Gauner, das ganze Dorf, sie sind einfach Gauner.

. . .

E. glaubt nicht an Reformen. Das ist immer ihr Streit gewesen. Aber wie er auf dem Asphalt sitzt ohne Arme: ohne Rechthaberei, nackt und liebenswert.

Die Mitte im Traum bleibt leer.

. . .

Sobald die Kinder einmal zur Schule müssen, werden sie das Dorf verlassen, das ist schon seit einiger Zeit fast ein Beschluß, nicht dringlich; trotzdem redet er beim Frühstück davon. Es sei kein Leben hier.

...

Er liebt die Studentin, die eine Dame geworden ist, im Traum zum ersten Mal; sie weiß jetzt alles. Keine Zärtlichkeiten, wie gesagt. Hingegen weiß er im Traum nicht zum ersten Mal von einer heimlichen Liebesgeschichte, die dann jedesmal, wenn er erwacht, nie gewesen ist. Was er sie fragen möchte: ob sie sich daran erinnert. Dann wäre sie's gewesen.

...

IL DOTTORE, so nennen sie hier alle akademischen Berufe; wenn er ein Arzt wäre, so würden sie sagen: IL MEDICO.

...

Langsam verrutscht alles.

...

Zum Beispiel fällt es ihm jetzt ein, wer in der Tat als Gauner zu bezeichnen ist: die Unfallversicherung, die seit Jahr und Tag einfach nicht zahlt. Aber davon hat er nicht geträumt.

...

Es bleibt die Studentin mit den Backenknochen und dem strengen Haar. Ein Mops-Gesicht eigentlich. Sie sitzt an einem langen Tisch (Grotto) in einem braunen Kleid aus Seide, eine Bürgerin, übrigens sonnengebräunt; erst später ist es eine Wohnung mit fremden Kindern auf Kommoden, Unordnung, aber bürgerlich; sie hat nichts mit alledem zu tun. Sie redet nur zu ihm. Es spielt keine Rolle, daß er verheiratet ist. Sie nimmt an, daß es seine Freunde sind, die immer ein und aus gehen und unterbrechen. Es stört sie aber nicht. Es sind wohl seine Freunde, nur kennt er sie nicht. Sie sagt, sie sei jetzt sehr stark, sehr stark.

...

Er meint sich an Korridore zu erinnern.

...

Es war eine verkrampfte Affäre damals.

...

Tiere im Korridor, aber ungenau.

...

Einige Tage zuvor erzählt er in einem Grotto, warum er gegen die Gerberei nichts mehr unternehme, groß geredet: man könne die Welt nicht ändern, er jedenfalls nicht, es sei auch nicht sein Beruf usw., er sei kein Idiot.

...

Meistens träumt er sexuell-anonym. (Er ist Mitte vierzig). Er ist sehr glücklich, als er sie erkennt, ihr Mops-Gesicht hat eine gewisse Ähnlichkeit mit dem Gesicht seiner dänischen Assistentin; aber es ist Leny.

...

Er mag die Dänin übrigens nicht.

...

Auch E. weiß schon alles, und es gibt gar nichts zu sagen. Ein gutes Wiedersehen, ein unverhofftes Wiedersehen. Es scheint dem E. nichts auszumachen, daß er gar keine Arme hat, fast keine Arme. Kein Unfall; nur zum ersten Mal sieht man ihn nackt. Alles ist leicht. Wie er auf dem Asphalt sitzt (sit-in) und grinst, möchte man ihn streicheln. Eigentlich grinst er kaum oder nicht. Er ist kindlich, das ist alles, er ist liebenswert.

...

Vielleicht spielt auch Fernsehen hinein.

. . .

Es ist nicht so, daß der andere Tag sozusagen unter dem Traum steht; er braucht nichts davon zu vergessen; es kommt gegen den Tag nicht auf (jedenfalls nicht gegen den Tag in der Apotheke) und verliert sich nur ins Privat-Lächerliche: Glück, das dem Tageslicht nicht standhält.

Warum ist er kein Landarzt.

. . .

Widerlich bleibt nur der Bischof.

. . .

Manchmal trinkt er gegen Abend (dabei sagt er sich jeden Morgen, das müsse jetzt aufhören) zuerst Wein, dann Grappa, weil er nur weiß, daß es nicht stimmt, was er denkt, was er sagt, was er tut, was er weiß.

Kabusch II

Er ist kein Maler, kein Savonarola, kein Uhu mit Menschenlachen usw. Daran kann es nicht liegen. Er johlt nicht in einer besseren Gesellschaft und überhaupt nicht. Er trägt eine randlose Brille. Gitarre spielen auf einem Waschbrett, das kann er lassen. Was macht Kabusch trotzdem verkehrt? Ein belesener Mann, das muß man zugeben, und dabei nicht vorlaut; man muß ihn erst fragen, damit er spricht. Ob es denn auch stimmt, was Kabusch zu diesem oder jenem Thema weiß, bleibt allerdings fraglich, solange nicht irgend jemand dazu nickt, und das ist nicht immer der Fall; nicht immer ist jemand da, der auch einigermaßen Bescheid weiß. Dann läßt man dieses Thema. Er ist Bibliothekar. Neuerdings hat er einen Lehrauftrag an der Universität, was seine Bekannten etwas verwundert, aber man gönnt es ihm; offenbar braucht Kabusch solche Bestätigung.

...

Was Kabusch (wer immer er ist) sich nicht leisten kann: Stolz. Dann wirkt es bloß, als sei er beleidigt, also peinlich.

. . .

Unter besonderen Umständen vergißt er, daß er Kabusch ist; zum Beispiel hat er einmal eine Totenrede zu halten, da er den Verstorbenen gekannt hat wie kein andrer. Ein jüngerer Kollege sagt ihm nachher, seine Rede sei gar nicht peinlich gewesen, Ehrenwort, nicht im mindesten peinlich. Solcher Zuspruch erschreckt ihn am offenen Grab.

. . .

Kabusch ist sein Spitzname als Schüler. Das Gerücht, seine Mutter sei beim Zirkus gewesen, ist nicht aus der Klasse zu bringen. Seine Anfälle von Jähzorn deswegen. Meint Kabusch vielleicht, er sei etwas Besonderes, weil seine Mutter beim Zirkus gewesen ist? Er merkt lange nicht, was Kabusch heißt. Zum Beispiel sorgt er für einen Fußball, einen aus Leder, ferner sorgt er für die Erlaubnis, die Wiese benutzen zu dürfen für das Ereignis des Jahres. Will er auch noch für gutes Wetter sorgen? Als die Klasse, der er mit Stolz angehört, die Mannschaft zusammenstellt, scheint es nur Kabusch zu verwundern, daß er weder als Torhüter noch als Stürmer gefragt ist; auch die andern Posten sind schon vergeben worden, während Kabusch, übrigens der einzige mit regelrechten Fußballschuhen, die Strafraumgrenze ausgemessen und mit Sägemehl sorgsam markiert hat. Vielleicht braucht man einen Ersatzmann? Man wird sehen. Wer bestimmt eigentlich? Eigentlich niemand: es ergibt sich so. Kabusch soll sich jetzt nicht wichtig machen, weil er den Fußball geliefert hat; er kann ihn nach dem Spiel wiederhaben. Nichts weiter.

...

Jedermann macht in Gesellschaft einmal einen Witz auf Kosten andrer, die nicht zugegen sind; nur Kabusch kann sich das nicht leisten. Zwar wird gelacht, nur weiß er sofort, daß sein Witz ungerecht ist und erschrickt; Kabusch ist auf Gerechtigkeit angewiesen.

...

Ein andrer, der ungefähr die gleichen Voraussetzungen hat und sich in der gleichen Gesellschaft bewegt, schlägt einfach zurück und wird Großunternehmer, Großwerbefachmann, Großverwaltungsrat usw. Er denkt nicht daran, sein Haus freundschaftlich beschädigen zu lassen oder sich anzuhören, daß seine Rede durchaus nicht peinlich gewesen sei, oder die Rechnung für alle zu bezahlen, bloß weil er empfindlich ist, oder zu verstummen, wenn niemand nickt, oder überhaupt etwas verkehrt zu machen; er denkt ja nicht dran und ist ein Emporkömmling auch, Sohn eines Hauswartes, Rotary-Member, eine frohe und gewinnende Persönlichkeit.

...

Tut Kabusch sich selber leid?

. . .

Als Lehrling protestiert er gegen Überstunden für außerfachliche Dienstleistungen. Es bekommt ihm nicht, wenn Kabusch protestiert; dann kann es geschehen, daß er stottert. Hingegen gewinnt er den Preis in einem Lehrlingswettbewerb der Stadt; das spricht für seinen Lehrmeister.

. . .

Es hat nichts mit Herkunft zu tun. Sein Vater ist kein Arbeiter gewesen, seine Mutter nicht einmal gerüchtweise beim Zirkus. Daran kann es nicht liegen. Noch Ende des 19. Jahrhunderts spielte seine Familie eine nationale Rolle. Er fährt einen Volkswagen. Warum keinen Bentley? Das nimmt man Kabusch nicht ab, dies nebenbei. Ein ungeduldiger Schauspieler ruft laut ins Atelier: Wer ist denn hier der Kamera-Mann? Dabei steht er neben der Kamera, seit einer Stunde bereit. Kabusch kommt nicht an (wie es im Jargon der Schauspieler heißt); zum Beispiel muß er die Arbeiter im Atelier dreimal bitten, wenn Kabusch etwas braucht; brüllt er, so entsteht lediglich der Eindruck, Kabusch sei seiner Sache nicht sicher. Dann macht er's lieber eigenhändig. Werden später die Aufnahmen zur Probe vorgeführt, so entschuldigt er sich: es sei natürlich erst ein Rohschnitt, die Kopie leider zu dunkel usw. Man zeigt Nachsicht: Bitte! Nachher sagt der Schauspieler: Mensch, das ist ja prima! Eines Tages erscheint er mit einer neuen Freundin, die Aufsehen erregt: eine black-beauty. Man macht ihr den Hof, als gehöre Kabusch nicht zu ihr. Man glaubt das einfach nicht. Unser Kamera-Mann soll sich nicht übernehmen. Als sich erwiesen hat, daß diese Frau trotzdem zu Kabusch gehört, behandelt man sie allmählich wie Kabusch. Er kann das nicht verhindern. Believe it or not, das hat nichts mit Rassismus zu tun.

. . .

Es gibt Kabusche in jedem Beruf. Ich beobachte einen Kellner. Die andern Kellner, die doch die gleichen Speisen aus der gleichen Küche servieren, hören von den Gästen nie eine Beschwerde; nur Kabusch eignet sich dafür. Sogar von Tischen, wo er gar nicht bedient, wird Kabusch gerufen: wegen Durchzug, es fehle noch immer der Senf usw. Er mißversteht das auch nicht; sie mögen Kabusch, das weiß er. Als er Oberkellner wird, ändert sich eigentlich nichts; immer die Flasche, die Kabusch entkorkt, riecht leider etwas nach Korken.

...

Es kann sich auch um eine weibliche Person handeln. Zum Beispiel glaubt man nicht, daß ihre Berufstätigkeit (Psychiatrie) etwas anderes als Ersatz sei. Was sie so sagt, ist klug. Das muß man zugeben. Wieso zugeben? Übrigens kocht sie auch ausgezeichnet, obschon sie neuerdings an Kongressen spricht. Man rühmt sie für ihre Hilfsbereitschaft, die auch ausgenutzt wird, und umgibt sie mit einer

Mischung von Wohlwollen und Mitleid, das sie unsicher macht, manchmal auch steif. Was macht sie verkehrt? Sie hat Kinder. Wenn grad von Kindern die Rede ist, wird es sofort anders; man läßt sie reden, und Lisbeth kann sich entfalten, und es überzeugt, bis sie wissenschaftlich argumentiert. Nichts gegen die Argumente, aber man nimmt ihr den Jargon nicht ab, den man selber spricht, Jargon als eine Ausdrucksweise, die dem Sprechenden selber Eindruck macht. Wie gesagt, sie kocht ganz ausgezeichnet. Natürlich weiß sie in ihrem Fach mehr als die Gäste; das schon. Man hört ja auch zu. Nur ihr Mann zeigt sich dann nervös, hütet sich aber, das Thema zu wechseln. Merkt Lisbeth es nicht? Je länger sie spricht, umso weniger ist sie vorhanden, und es ist nichts zu machen; ihr Wissen, bestätigt durch zwei Diplome, steht ihr nicht. Sie kleidet sich durchaus elegant; dann immer die Frage: Wo haben Sie bloß diesen tollen Mantel her? mit der Versicherung: Das steht Ihnen aber! und mit einer Rückfrage an ihren Mann: Oder finden Sie denn nicht? als sei das von Mal zu Mal verwunderlich, ein Glücksfall, als könne die Psychiaterin keinen eignen Geschmack haben. Irgendwann im Lauf des Abends, spätestens in der Garderobe kann ihr Mann es nicht unterlassen, offensichtlich gegen ihren Wunsch beiläufig zu erwähnen, was sie, als Psychiaterin, alles leistet, zum Beispiel im Institut, ganz zu schweigen von den Konferenzen und Kongressen, ferner schreibe sie ein Buch usw. Wieso ist es ihr peinlich? Dann faltet sich ihre Stirne über dem Ansatz einer schönen Nase; es sei kein Buch, eher eine Broschüre. Es ist peinlich; die Gäste stehen bereits in ihren Mänteln und möchten sich bedanken.

...

Irrtum von Kabusch: er meint sich durch Leistung rechtfertigen zu müssen, zu können. Das gerade entwertet seine Leistungen von vornherein. Er geht nicht ohne Erfolge aus; nur geben sie ihm, Kabusch, keinen Glanz.

...

Es ist besser, wenn er nicht trinkt wie die andern; dann vergißt er, daß er Kabusch ist, und wird mit Schrecken erwachen am andern Tag.

...

Er ist Sprecher beim Fernsehen. Die Nachrichten, die er mit seiner korrekten Aussprache versieht, sind in der Regel so wichtig, daß man sie auch Kabusch abnimmt. Das spürt er, ohne seinerseits das Publikum zu sehen, die Leute in den Stuben und in den Wirtschaften. Was man weniger abnimmt: die bunte Krawatte, Maßanzug, Siegelring (neuerdings verzichtet er auf diesen Siegelring, offenbar hat man es Kabusch gesagt) und seine Frisur, überhaupt die Person. Dabei gibt er sich alle Mühe, nicht persönlich zu erscheinen. Es geht um Staatsbesuche, Katastrophen, Staatsstreiche, Gipfeltreffen, Verbrechen, Reisen des Papstes usw. Er vermeidet jede Miene dazu, die Kabusch sich nicht leisten kann, ausgenommen vielleicht eine unwillkürliche Miene der Erleichterung, wenn er zu den Wetteraussichten kommt. Für Augenblicke verdeckt ihn dann die Wetterkarte mit den vertrauten Landesgrenzen. Als er zum Schluß, wieder allein im Bild und jetzt mit Blick gradaus, wie üblich Gutenacht wünscht, sagt jemand in der Bar: Dir auch! Alle lachen.

...

Es ist nicht leicht für die Kinder, Kabusch als Vater zu haben. Zumindest meint er das; seine Großmütigkeit erscheint wie Werbung, wenn nicht sogar wie eine Art von Wiedergutmachung.

...

Ab und zu bezeichnet er sich als Idiot.

...

Es kommt auch vor, daß er sich stellt, daß er es uns zeigen will: er blickt aus Wahl-Plakaten und wird Bürgermeister. Die Wähler haben Kabusch erkannt: er wird sich Mühe geben, dieser Mann, er wird sie nicht erschrecken, dieser Mann, er wird sich nichts leisten können.

. . .

Was er sich anrechnet: daß er kein Hochstapler ist. Dabei hat Kabusch diesbezüglich gar keine Chance: es wirkt schon wie Größenwahn, wenn er, Kabusch, sich etwas nicht gefallen läßt.

. . .

Der Concierge im Hotel, der Kabusch erkannt hat, nickt freundlich, fast familiär: nachdem er allen andern den Schlüssel überreicht hat, fragt er gar: Wie geht's, Herr Doktor, wie geht's? und nachdem er sich mit dem Portier noch unterhalten hat, gibt er Kabusch den Schlüssel.

. . .

Es hilft nichts, daß Kabusch, der Kamera-Mann, in Cannes eine Auszeichnung bekommt: man weiß, wie derlei zustande kommt, und es ist freundlicher, wenn man nicht davon spricht. Er selber spricht auch nicht davon und tut gut daran.

. . .

Wie ehrgeizig ist Kabusch?

. . .

Habe ich ein Argument, das eben noch einigermaßen überzeugt hat, und Kabusch kommt dazu, Kabusch bringt dasselbe Argument (mit seinen Worten), so habe ich fortan ein Argument weniger. Es überträgt sich.

. . .

Manchmal meint er, es würde genügen, daß er, Kabusch, beispielsweise um die nächste Straßenecke geht, dort eine Weile wartet,

dann zurückkommt: ohne Kabusch. Wie irgendeiner.
Ohne Erinnerung an alles, unbefangen. Nichts weiter. Ohne sich zu entschuldigen, daß er sie eine Weile hat warten lassen, eine Viertelstunde oder ein Vierteljahr. Darauf käme es vermutlich an: ohne sich zu entschuldigen für Kabusch.

...

Vielleicht meint ein andrer, es liege daran, daß sein Vater eine bekannte Persönlichkeit am Ort gewesen ist. Noch als Fünfzigjährigen fragt man ihn: Und was machen Sie? Dann sagt er's. Warum zuckt Kabusch dabei die Achsel? Eine Weile lang ist man aber besonders nett zu ihm.

...

Jemand erzählt gerade von einem Mann, der eines Tages alles aufgegeben hat, seine Lehrerstelle, sein Einkommen, seine Ehe. Wer von uns wagt das? Kabusch sitzt schweigsam dabei; er braucht sich nicht zu erwähnen, tut es auch nicht mit einer Miene. Es ist nie dasselbe, wenn Kabusch dasselbe tut.

. . .

Selbstmord würde man Kabusch nicht abnehmen, d. h. den Tatbestand schon; nur fände man es in seinem Fall eher peinlich.

. . .

Ein andrer versucht es mit Auswanderung. Kabusch in Canada. Obschon er gemeint hat, er mache sich keine Illusionen, kommt er ins große Geschäft. Zum Beispiel als Architekt. Sein Sommersitz mit Wäldern, mit einer eigenen Meeresbucht, mit Rindern usw. ist sagenhaft und verwundert ihn mehr als seine Gäste, die derlei gewohnt sind. Eines Tages sagt jemand: Das hätten Sie sich auch nicht träumen lassen, wie? Er erkennt seine Illusion, Kabusch werde in Canada nicht erkannt.

. . .

Hält er sich für ausweglos?

. . .

Ich beobachte es nicht an ihm, aber an den andern: neuerdings fühlen sie sich freier in seiner Gegenwart, ungenötigt, er ist nicht mehr Kabusch. Dabei hat er dieselben Marotten, dieselben Fähigkeiten: er kleidet sich auch nicht anders, und dabei nähme man es ihm sogar ab. Sie wissen nicht, was vorgefallen ist; kaum jemand klopft ihm noch auf die Schulter, oder wenn es aus Gewöhnung nochmals geschieht, so merkt man, daß er sich nicht dafür eignet – er lacht . . . Wir müssen uns einen andern Kabusch finden.

Statik

Eines Morgens, kurz nach acht Uhr, meldet er sich an irgendeinem Schalter. Ein Gendarm unten beim Eingang hat ihn nicht beraten können. Als er, lange schon mit dem Hut in der Hand, endlich an die Reihe kommt und sich in den Schalter beugt, um zu wiederholen, daß er Anzeige erstatten müsse gegen sich selbst, blickt der Beamte ihn gar nicht an, sondern heftet Papiere zusammen, Rapporte. Er möge im Vorzimmer warten wie andere auch, die auf einem verbotenen Platz geparkt haben und mit den üblichen Ausreden kommen. Er setzt sich aber nicht auf die gelbe Bank, da er ja keine Vorladung hat, keine Hoffnung, je aufgerufen zu werden. Um sein Gesicht nicht zu zeigen, blickt er zum Fenster hinaus, Hut in der Hand. Er schreit nicht.

Es kommt schubweise. Oft dauert es nur eine Stunde, nachher begreift er sein Entsetzen nicht – der Beamte hätte gelacht oder auch nicht; man hätte nicht verstanden, was denn dabei ist, daß er eine verheiratete Schwester in Schottland hat, ferner einen Sohn, dem er regelmäßig Geld schickt.

...

Er trinkt keinen Alkohol.

...

Seine Studenten bemerken zu jener Zeit überhaupt nichts. Es belustigt sie seine kalligraphische Gewissenhaftigkeit mit der Kreide, wenn er die Tafel vollschreibt, immer den Schwamm in der andern Hand, um einen allfälligen Fehler sofort tilgen zu können. Er hat wenig Haar, von hinten eine Glatze mit kleinen verschwitzten Locken. Wenn er sich wieder zur Klasse wendet, putzt er sich jedesmal die Hände verlegen mit gesenktem Blick.

...

Später setzt er sich auf die gelbe Bank wie vorher die andern auch. Vermutlich ist das Stockwerk nur teilweise zuständig für seinen Fall. Unten beim Eingang hängen in vergitterten Kästen die üblichen Steckbriefe mit Fotos von der jeweiligen Mordwaffe (Messer), Belohnung 5 000 Franken, später 10 000 Franken; je länger sie einen nicht finden, umso teurer wird man. Er blickt auf seine Uhr: es ist Samstag. Er fragt sich, ob in Anbetracht der Tatsache, daß das Kommissariat offensichtlich überlastet ist, seine Selbstanzeige gerade heute stattfinden muß –

. . .

Seine Frau hält es noch für Vergeßlichkeit, für Zerstreutheit. Da es den ganzen Tag geregnet hat, müßte er doch bemerkt haben, wann und wo er ohne Hut in den Regen hinaus getreten ist – dann hat er keine Ahnung, einen nassen Kopf, aber keine Ahnung.

. . .

Sein Fach: Statik für Architekten. In der Praxis werden die statischen Berechnungen ohnehin einem Ingenieur-Büro überlassen, und es genügt, daß der Architekt sozusagen ein Gefühl für Statik hat. Er zeigt immer Lichtbilder: Risse im Beton.

...

Sein Spitzname: Der Riß.

...

Der Besuch beim Kommissariat wiederholt sich nicht; hingegen sagt er zu seiner Frau einige Wochen darauf, er müsse sein Amt niederlegen. Er ist 53.

...

Er hat niemand umgebracht, nicht einmal im Straßenverkehr. Bei einem Bau-Unfall, der einem Arbeiter das Leben gekostet hat, war er Augenzeuge, aber nicht der verantwortliche Ingenieur, der übrigens freigesprochen worden ist. Er selber, damals Praktikant, war nur zufällig zur Stelle, weil er Meßgeräte hatte mitbringen müssen – trotzdem hat er jetzt Angst, es könnte ihm plötzlich einfallen, daß er jemand umgebracht hat.

. . .

Nicht daß er an Gericht glaubt –

. . .

Architektur in Ehren, aber Schub ist Schub. Was man nie vergessen darf; jede Last, die wir in unsrer Rechnung vergessen, rächt sich, siehe Lichtbild: Risse über dem Auflager, Schub, Torsion im Pfeiler, Einsturz. Dann sagt er jedesmal: Sehen Sie! In der Pause bleibt er im Auditorium, schreibt und zeichnet auf Vorrat. Wenn er sich, um Hilfe zu leisten, neben die Studenten auf die Bank setzt, riecht er immer nach altem Schweiß.

. . .

Das erste, was seine Nächsten bemerken, ist ein Tick – er sagt bei jeder Gelegenheit: Das weiß ich nicht! auch wenn er gar nicht befragt wird, ob er schon wisse und was er denn dazu meine. Man achtet kaum darauf oder nimmt es wie eine andere Floskel; wie wenn jemand immer sagen muß: Ach so, ach so. Oder: Genau. Es ist aber keine Floskel; es ist ihm vollkommen bewußt, wenn er sagt: Das weiß ich nicht! Meistens fällt sein Unwissen gar nicht ins Gewicht. Wozu muß er wissen, wo die größte Meerestiefe sich befindet? Natürlich ist es kaum möglich, jedes Unwissen sofort anzumelden: die andern reden schon in der Annahme weiter, man wisse ja, und erst nach einer Weile, wenn das Thema erschöpft ist, kann er zusammenfassen: Das habe ich nicht gewußt! Wie gewissenhaft er zuhört und wie wenig es eine Floskel ist, wäre daran zu erkennen, daß er zum gleichen Punkt nie zweimal sagt: Das weiß ich nicht! Einmal genügt; dann ist sein diesbezügliches Unwissen registriert, und er vergißt nichts, wovon er nichts weiß.

. . .

Er lehnt es ab, Dekan zu werden.

...

Sein Gedächtnis läßt nicht nach, im Gegenteil, sein Gedächtnis richtet sich gegen ihn – er erinnert sich plötzlich, daß er eigentlich seiner Schwester in Schottland noch immer ihren Anteil an der Erbschaft schuldet. Eine komplizierte Geschichte, aber was ihm einfällt: 80 000 Franken. Plus Zinsen. Oder es fällt ihm ein: ein Fremdwort, das er im Augenblick nicht braucht; es fällt ihm nur ein, daß er jedesmal nicht weiß, was es heißt.

...

Meistens hängt dann der verlorene Hut in seinem Vorzimmer. Einmal wundert sich ein Student, der dem Professor den Mantel hält und dann auf den Hut verweist: der Professor behauptet, es sei nicht sein Hut. Er geht ohne.

...

Die Studenten mögen ihn.

. . .

Nicht nur liegen auf seinem Tisch die gelben Bleistifte alle gespitzt nebeneinander, alles ist so. Er fürchtet sich vor Unordnung. Er gehört zu den Menschen, die immer schmutzige Fingernägel haben und nichts dagegen machen können.

. . .

Im Kommissariat, als nach einer Stunde ein jüngerer Gendarm ihn fragt, was er wünsche, bleibt er sitzen auf der gelben Bank: wie jemand, der nicht weiß, wieso er an diesem Ort erwacht –

. . .

Nur sein Gesicht ist eingestürzt.

. . .

Seine Frau, die ihn seit 19 Jahren verehrt, leidet weniger unter seinem Unwissen als unter seinem Tick, daß er's jedesmal meint melden zu müssen. Manchmal legt sie schon vorher ihre Hand auf seinen Arm, um ihn wenigstens vor Leuten abzuhalten von seinem Satz: Das weiß ich nicht! Sie tut es ohne Erfolg; vielmehr erschrickt er schon über ihre freundliche Hand, als habe sie ihn aufmerksam machen wollen: Das weißt du nicht! und er bestätigt: Das weiß ich nicht!

. . .

Es sind Lappalien, die ihm einfallen vorallem gegen Morgen, wenn es draußen noch finster ist. Dann geht er barfuß in die Küche, um irgendetwas zu verspeisen, Käse, Kompott, notfalls kalte Spaghetti. Es hilft wenig, wenn Vorkommnisse, die sein Gedächtnis plötzlich freigibt, als komisch zu bezeichnen sind. Er erschrickt trotzdem. Oft kommt es dadurch, daß er erschrickt, zu ganzen Serien . . . Daß er dem Friedhofamt auf die Mitteilung, das Grab seiner Mutter werde demnächst ausgehoben, nicht geantwortet hat, ist ein Versäumnis, das ihm nicht zum ersten Mal einfällt; statt sich aber hinzusetzen und sofort zu schreiben, daß er selbstverständlich für eine Urne aufkomme, erinnert er sich, daß er damals, 1940, eigentlich richtig gehandelt hat, einem Major gegenüber sogar mutig. Sein Gedächtnis gibt plötzlich (während er barfuß in der Küche steht) den ganzen Wortwechsel heraus, und was er diesem Major gesagt hat: lauter Schwachsinn. Manchmal fällt ihm auch nur ein Gefühl ein, das man in seinem Lebensalter nicht mehr hat, oder ein Geruch.

. . .

Eines Tages stellt er sein Rücktrittsgesuch –

. . .

Es fällt ihm ein: ein gestohlener Fußball. Es fällt ihm ein: das sogenannte Doktor-Spiel im Keller, Homosexualität, die Angst hinterher, und wie dann der Detektiv in den Keller kommt, da er's der Mutter gesagt hat, sein

Verrat an dem jungen Gärtner. Es fällt ihm ein: daß er von dem jungen Gärtner ein Taschengeld bezogen hat. Es fällt ihm ein: daß er im Gymnasium durchgefallen ist.

. . .

Später hört sein Tick wieder auf – er senkt nur sofort den Kopf, wenn er etwas nicht weiß, und hört zu. Vögel haben zuweilen diese schiefe Haltung des Kopfes, dann hat man keine Ahnung, wohin sie blicken. Er sagt fast nie: Das weiß ich nicht! sondern schweigt nur mit dieser schiefen Haltung des Kopfes –

. . .

Aber von alledem kann er nicht reden, oder wenn er zu reden versucht, so ist es sofort mißverständlich; man kann ihm sofort belegen, daß er ein ordentlicher Professor ist, kein Schwindler, ein Vater zumindest guten Willens, kein Antisemit, als Kollege geschätzt für seine bescheidene Art. Auch ist er (um

Gotteswillen) kein Mörder usw. Er widerspricht dann nicht und nickt auch nicht, sondern blickt vor sich hin. Sie meinen es moralisch. Er ist trotzdem bestürzt –

. . .

Sein Rücktrittsgesuch wird nicht angenommen, da er es nicht hat begründen können; er ist gesund; der Hochschulrat bewilligt ihm eine Sekretärin.

. . .

Er begreift nur, daß es unaufhaltsam ist.

. . .

Seine verheiratete Schwester aus Schottland hat er am Flughafen nicht erkannt und kehrt unverrichteter Dinge zurück; sie sitzt in seiner Wohnung, als habe sie immer da gesessen, nur eben älter. Dann aber geht es ordentlich, sogar herzlich, ohne Riß.

. . .

Statik für Architekten, ein Handbuch, das seinen jahrzehntelangen Unterricht zusammenfaßt, wird kurz nach Erscheinen in drei Sprachen übersetzt, darunter Japanisch.

. . .

Eigentlich geht überhaupt alles in Ordnung –

. . .

Seine Frau findet es verrückt, als er ihr eröffnet, er habe seinen Prozeß damals zu Recht verloren ... Das ist lang her, ein Fall, worüber jedermann nur den Kopf schütteln kann. Ein Skandal. Er hatte gegen eine Firma geklagt; man hatte eine statische Expertise, die er, damals noch nicht Professor, auf Bestellung geliefert hatte, zwar zum Teil honoriert, aber bei der Ausführung (Industrie-Bau mit großen Hallen) aus Spargründen nicht beachtet. Er klagte aus Verantwortungsbewußtsein. Die Firma hatte aber, wie sich herausstellte, Steuersitz im Fürstentum Liechtenstein, Gerichtsort war Vaduz. Er mußte einen zweiten Anwalt nehmen, einen aus Liechtenstein, der, wie sich vorerst nicht herausstellte, die Firma in Steuerangelegenheiten beriet. Das alles hatte er nicht gewußt. Als dann die Hallen bereits standen und ein sogenannter Vergleich vorgeschlagen wurde, Auszahlung des restlichen Honorars bei Rückzug der Klage, war nicht nur sein Honorar bereits für Justiz-Spesen verbraucht, sondern auch seine Karriere zu bedenken: die Firma nämlich, um den Vergleich zu erzwingen, hatte sich inzwischen andere Experisen verschafft, während er seine Habilitation einreichte. Der SCHWEIZERISCHE INGENIEUR- UND ARCHITEKTEN VEREIN, der für solche Fälle ein Schiedsgericht hat, warnte ihn, auch noch Klage zu erheben gegen Kollegen wegen ihrer Expertisen, zumal diese Kollegen bei der Wahl eines Professors zwar keine direkte Stimme haben, aber natürlich einen kollegialen Einfluß. War es nun (nach seine Begriffen damals) feige, daß er gewisse Kollegen schonte, um seine Professur nicht zu gefährden, so lehnte er umso entschiedener jeden Vergleich mit der Firma ab, koste es, was es wolle, nämlich jenen Teil der Erbschaft, den er seiner Schwester schuldig blieb . . . Jetzt kommt er beim Frühstück plötzlich mit der Erkenntnis, daß er den Prozeß damals zu Recht verloren habe. Tatsächlich stehen die fraglichen Hallen noch heute. Das aber ist nicht seine Begründung. Er hat keine.

. . .

Dann wieder Wochen ohne Schub –

. . .

Die Lichtbilder für den Unterricht ordnet er jedesmal eigenhändig in die Kassette, hält jedes einzelne vorher gegen das Fensterlicht, als könnte sich eines einschleichen, das ihn zum Gespött macht. Es wurde schon einmal gelacht; es war dunkel im Auditorium, und so konnte er für das Gelächter keinen Grund sehen. Das Lichtbild (Einsturz eines Hangars mit Dreigelenkbogen, ein Beispiel dafür, was ein nicht kalkulierter Wind vermag) hat er für immer aus der Kassette genommen.

...

Seine Schwester ist durch Heirat vermögend; als er die Geschichte mit der Erbschaft erwähnt, legt sie lediglich Wert darauf, daß ihr Mann, ein Bankier, nie davon erfährt. Im übrigen meidet er alle Erinnerungen familiärer Art. Zum Glück ist das Grab der Mutter noch nicht aufgehoben. Übrigens bleibt sie, die Schwester aus Schottland, nur zwei Tage (im Hotel) und begreift in dieser kurzen Zeit nicht genau, warum der Bruder ihr leidtut – er hat eine Professur, eine sehr liebe Frau, einen Sohn, der gerade Leutnant wird, eine staatliche Pension usw.

...

Dann kommt dieser Kongreß in Brüssel, das er von früher kennt. Als das Hotel, das er ebenfalls kennt, schon bestellt ist, das Ticket usw., gesteht er plötzlich: er sei nie in Brüssel gewesen – seine Frau hat Briefe von ihm aus Brüssel, sogar Fotos, die sie ihm zeigen kann; er glaubt es sich trotzdem nicht.

. . .

Es ist jetzt nur noch die Frage, wann sie es merken, daß er nichts von Statik versteht, eine Frage der Zeit. In 9 Jahren wird er pensioniert. Sein Sohn scheint es schon zu wissen.

. . .

Wie er im Kommissariat auf der gelben Bank sitzt mit dem Hut in der Hand, weiß er nicht, was in der Nacht sein Gedächtnis freigegeben hat – er nimmt an, daß sie es wissen, hofft es fast.

. . .

Dann wieder kommt es vor, daß er denselben Hut auf den Kopf setzt. Ohne Zögern. Wenn er nachhause kommt, hat er einfach seinen

Hut wieder. Das Klischee vom vergeßlichen Professor ärgert ihn; tatsächlich vergißt er immer weniger.

...

Einmal mitten auf der Straße nimmt er seinen Hut vom Kopf, bleibt stehen und schaut sich um, ob jemand ihn sehe, dann hängt er den Hut auf die eiserne Spitze eines Gartenzauns und geht weiter.

...

Manchmal wundert es ihn jetzt, wie hoch sein Kopf sich über seinen eigenen Füßen befindet, die da gehen auf dem Asphalt.

...

Als er krank wird, ist er froh.

...

Nach der Genesung sieht man ihn am Arm seiner Frau. Er nickt verschüchtert, wenn man ihn grüßt, erinnert sich aber an seine ehemaligen Schüler, die es weit gebracht haben, sogar an ihre Namen. Er sei genesen, sagt er höflich mit schiefer Haltung des Kopfes. Er trägt noch immer dieselbe Art von Hut, Filz, das Band verschwitzt. Sein Amt hat er nicht wieder angetreten. Seine Frau, die ihn über die Straße steuert, tut ebenfalls, als sei nichts geschehen. Die sichtbare Tatsache, daß die Bauten seiner Schüler (Siedlungen, Hallen für Kongresse, Krankenhäuser, Büro-Türme aus Stahl und Glas) allesamt nicht einstürzen, ändert nichts an seiner Selbsterkenntnis: – er verstehe nichts von Statik, habe nie verstanden, was er gelehrt habe –

Zu dieser Ausgabe

insel taschenbuch 2391: Die vorliegende Ausgabe folgt dem 1996 im Insel Verlag Frankfurt am Main und Leipzig erschienenen Insel-Clip 19: Max Frisch, Skizze eines Unglücks. Erzählungen aus dem *Tagebuch 1966-1971*. Zitiert nach: Max Frisch, Gesammelte Werke in zeitlicher Folge. Band VI.
Umschlagfoto: David de Lossy/The Image Bank

Das schöne insel taschenbuch in großer Schrift

it 2323

Isabel Allende
Das Geisterhaus
it 2341

Isabel Allende
Wenn du an mein
Herz rührtest
it 2362

Isabel Allende
Eine Rache
it 2377

Elizabeth von Arnim
Elizabeth und ihr
Garten
it 2338

Elizabeth von Arnim
Verzauberter April
it 2346

it 2361

Das schöne insel taschenbuch in großer Schrift

it 2363

it 2371

Elizabeth von Arnim
Alle meine Hunde
it 2369

Elizabeth von Arnim
Einsamer Sommer
it 2375

Jane Austen
Verstand und Gefühl
it 2365

Emily Brontë
Die Sturmhöhe
it 2348

Hans Carossa
Eine Kindheit
it 2345

Gilbert Keith Chesterto
Die schönsten Pater-
Brown-Geschichten
it 2332

Das schöne insel taschenbuch in großer Schrift

Fjodor Michailowitsch
Dostojewski
Helle Nächte
it 2328

Fjodor Michailowitsch
Dostojewski
Der Spieler
it 2350

it 2359

it 2314

Theodor Fontane
Effi Briest
it 2340

Max Frisch
Homo faber
it 2344

Frohe Ostern
it 2372

Das schöne insel taschenbuch in großer Schrift

Fröhlicher Advent
it 2356

Die schönsten
Gutenachtgeschichten
it 2379

Hermann Hesse
Mit der Reife wird
man immer jünger
it 2311

it 2343

Hermann Hesse
Die Märchen
it 2349

Hermann Hesse
Wanderung
it 2354

it 2339

Das schöne insel taschenbuch in großer Schrift

Hermann Hesse
Jedem Anfang wohnt ein Zauber inne
it 2357

Hermann Hesse
Wolken
it 2367

Hermann Hesse
Eigensinn macht Spaß
it 2373

Ricarda Huch
Der letzte Sommer
it 2315

Monica Huchel
Meine Katzen
it 2368

Tages- und Jahresfreuden
it 2353

it 2378

it 2334